우리의 농도

지혜사랑 308

우리의 농도

이두예 시집

지혜

시인의 말

저녁이 서둘러 어둠을 앞질러 가려 한다
배달의 민족 오토바이가 찢겨져 나뒹군다
이팝꽃 눈부시게 떨어진다

2025년 5월 1일

차례

1부

2부

3부

4부

- **일러두기**

  페이지의 첫줄이 연과 연 사이의 띄어쓰기 줄에 해당할 경우 >로 표
  시합니다.

1부

커피를 마시는 방식

　문문이 부르는 그 때는 맞고 지금은 틀리다를 들으며 커
피를 마신다
　몸에 해롭다고 커피를 빼앗아
　코코아를 타주는 착한 여자를
　사랑할 수 있을까
　음음음, 그 때도 틀리고 지금도 틀리다

　'사랑할 수밖에 없어요'
　지금은 맞고 그때는 틀리다를 찍은 배우와 감독의 사랑을
이야기할 마음은 전혀 없다

　코코아를 집에 들이지 않겠다는 생각은 손안에서 바스라
지는 종이꽃
　소시지를 코앞에 두고 절대 먹지 않겠다는 강아지가 흘
리는 식탐

　들판을 헤매는 발그레한 주둥이
　여름 한가운데서 들쥐를 낳았다던 겨울이
　옆구리에서 어린 여우들을 꺼내
　풀리면 안 될 암호,
　여우 한 마리 여우 두 마리 들쥐 세 마리 들쥐 열한 마리
뒤죽박죽 꺼내 들판에 내동댕이치며

\>

음음음, 멀리 가라

음음음, 게 섯거라

눈이 시리다고 늘 눈을 감고 있는 여자가 커피를 들고 햇
빛을 마신다
　주홍 글씨 보았다는 호랑나비 한 마리가 여자의 심장을
비켜 멀리 날아갔다

불두*를 찾아서

눈은 똑바로
지칠 대로 지친 걸음은 돌고 또 돌고
적멸을 찾아 걸어간
먼 길에
깊은 발걸음을 찍습니다

감겨오는 눈을 뜨려면
발이 감겨 넘어지고
시내보다 얕은 우리가
심해처럼 어두워

아차차
보살님,
부전 시장 정육점 좌판대서 피 줄줄 흘리는 돼지머리들,
화탕지옥 열탕지옥 다 지나 왔을까

진열대 나란히
입꼬리까지 웃음 호탕한
잘 살아온 돼지머리를
보살님 어깨에 얹으면
우리가 찾는 보살님이 아닐까 생각해 봅니다만

>
불경한 처사겠지요
그러나 무엇을 하든
님의 비문 같아서

눈이 쌓여 갑니다
밤은 하얗게 밝아 올까요
가지 끝에 새가 부리를 묻을 때
툭, 떨어진 눈송이 하나
보살님, 잃어버린 불두입니다

* 경북 봉화군 물야면 북지리에서 불두 없이 출토된 신라 시대의 사유
  반가상.

나의 岐阜

내지어가 오히려 모국어일 것 같은
산악으로 둘러싸인 작은 현이란 걸
岐阜 기후*를 읽고 기억 한다

나의기후는 바다 건너 암벽 위
열리지 않을 안개를 품은
해풍에 흔들리면서도 무너지지 않는 작고 그리운 청록색
지붕을 가진 성

기후를 읽는데
꽁꽁 싸매 둔 안이 도둑맞은 것 같아
그렇게 나의기후는 오래 잠가 둔 문을 삐걱 연다
가둬 둔 안개는 밀리고 밀리며 문을 나오고 있었다
바라보는 거리는 사슴 모가지처럼 아득했으나
온전히 이해하진 못해도
온전히 사랑할 수 있다고 굳게 믿었다

나의 기후는 풍경을 삼키는 안개에 숨어 있고
산술이 어른거렸고
무한대의 거리는
X Y Z로 흔들리며 헤쳐져
그렇게 가까워졌으나

날아가는 나비의 날갯짓을 읽고 있다

그리고そして 튼튼한 나무 의자에 앉아 岐阜를 눈에 익혀
봅니다

소시데そして
나의 기후가 흰 머리카락을 날리며
자전거를 타고 비탈길을 내려가고 있다
조심조심, 손을 흔듭니다
물망초 파랑꽃,
한 다발
바구니에 꽂고 달리는 너였으면 좋겠습니다

* 신동재의 시, 기후는 일본 중부 산악 지대에 위치.

격리된 시간에는 알리사에게 편지를 쓴다

그림자 서성이던 골목에서 안부를 묻는다

맥주 좀 줄이라는 참견에 알리사가 자기의 간은 이미 이해했다고 해서 그냥 웃는다

슬그머니 뒤로 돌아가 알리사 등에 피어 있는 생생한, 붉고, 붉고, 쉴 새 없이 내게 말을 건네는 건재한 간과 악수를 건넨다

골목길 블록 담에 코로나꽃 시뻘건 혀를 날름거리며 매달려 있어

꽃 색에 휘둘리다 그 꽃색 토한다

어색하게 주먹을 맞대려 2미터 거리에서 뒤를 돌아보다 화들짝 구토를 피해 4미터 뒤로뒤로 멀어진다

알리사가 경규 씨에게 2미터 거리로 가까워지려다 돌아서 뛴다

젊은 강이가 골목을 들어서다 멈칫 손을 흔들며 되돌아간다

다정했던 그림자들이 골목을 빠져나간다

폐쇄된 아파트 계단을 잽싸게 뛰어 꼭대기에 닿아서야
이 봄, 진즉에 사라진 것 알았다

옥상 한켠 말라버린 물탱크에 서식하기로 한다
강 쪽으로 창을 내려다

탱크 뚜껑을 열면 이미 하늘로 내왕하는 좁은 문이 있다
는 횡재가 행복하다

들리니 내 숨소리 들리니
펄떡이는 북은 기억을 쟁인 사막캥거루가 말라가는 강바
닥을 헤집는 소리
악취 피어나는 웅덩이 해당화 꽃말 맴도는 소리에 밤을
설친다네
급히 만든 채전엔 상추 쑥갓 뿌리 쑥쑥 내리는 소리

이리도 싱싱해

지금 이 숨소리들을 안주로 할까 하네
제발 놀러들 오시오

입을 씻다

유명 월간지에 실린 13페이지나 되는 시를 읽다 덮어버
린다
벡사시옹Vexations을 듣다 깊게 잠든 사람이
박수 소리에 깨어
앵콜 앵콜을 외치는 것보다
위선적이고는 싶지않아
글을 읽다 덮어버린다

뭔 귀신 씨나락 까먹는 소리들, 투덜투덜하는데
점심은 먹었느냐고 전화가 왔다
아점으로 대강……

도라지 당근 브로컬리 배추 민들레 들깻잎 홍피망 노랑
피망 청량초 부추 양배추 토마토를 5분간 찐 채소를
칡 다래순 찔레순 민들레 아카시아순 아카시아꽃 어린솔
잎 오동이파리 헛개 순이란 순은 다 넣어 삭힌 15년도 더 된
목초액 소스로
게다가 산양초유분말에 볶은귀리 청국장분말을 쉐킷 쉐킷

풀과 들판의 어린 것들을 하이에나처럼 포식하고 한 말이
대강……

>
붉은 피 발효된 하얀 피가 끈적하다
아찔하다
오만과 포식의 반나절을
씻고 또 씻다
대강,
입을 개수대에 흘려보내고 말았다

잠깐

모나리자의 민눈썹은 눈썹일까? 눈썹이라고 치자
모나리자의 미소가 완성일까? 미소라고 하자
시비하는 소모전을 바라보는 열외자 표정은?

강 건너 매일 쳐다보는 108동은 누가 살까?
가까운데 먼 거리일까? 멀어서 멀까?
땅 끝까지 찾아 나서야 할 조급증 같은 거리?

108동에게 말을 건네려 벽을 두드린다
원시의 돌거울처럼 멀어
오른쪽은 거울의 오른쪽이고 거울의 왼쪽은 왼쪽이라는
주술에 빠져들 때

치명의 독 흐르는 능소화 불콰한 젖꼭지를
쭉쭉 빨다
검고 뭉툭한 유두를
짓무른 꽃술 깊숙이,
잠깐
왜곡된 기억은 기억일 뿐이야

거울 앞,
능소화 한 송이는 능소화 두 송이

22

백 송이는 천 송이 백만 송이

불꽃으로 활활 타올라
하얀 재,
Wait a second and snap the shutter*

사막에서 검은 눈으로 내리는 겁니다
아무것도 아니란 말
거짓말이었어요

현재 진행이죠

* 영화 낸골딘 대사.

로드킬

흰말채나무 늘어선 길
장마 그친 아침 활짝 들었다
길고 살찐 지렁이들이
엑소더스의 행렬처럼 기어 나와 볕에 몸을 말리고 있다

무심한 내 운동화 발에 밟히지는 말아라
배달의 민족 바퀴에 빨리빨리 짓이겨진 지렁이들

죽을 때까지 죽으면 안 돼

꿈틀 배밀이를 하다 축 늘어지는 놈도 보인다
동류의 죽음을 이리저리 피해 가는 지렁이들
분홍꼬리조팝은 분홍으로
풀은 풀대로
명자나무는 명자인 채로
이 무참한 소식들을 연신
명부에 쏘아 올리는 화살나무의 연분홍 화살대
너머 애란이 보랏빛으로 뭉텅 무리를 지어 액자 속의 가
족사진 걸렸다
짓이겨진 잔해를 핥는 파리 떼
조문을 밀쳐둔 채
바쁘게 움직이는 개미 떼가

양식을 갈무리하는 포식의 잔치는
불나비 무모하게 몸을 던졌을 때도
잿더미에 빠져드는 수렁이었어도
용케 남은 살아 있는 것들의 진혼,

흰말채 길게 늘어선 숲을 걸어가는데
끼워 맞춘 척추가 자꾸 엇박자를 놓아
걸음마다
복대를 다시 졸라맨다

바다 옆방
― Room by the sea , 에드워드 호퍼

    파도는 느지막해졌고 씨알 굵은 비는 바다로 돌팔매질을 한다. 하얀 포플린 블라우스는 비에 찰싹 달라붙었다. 목젖이 보이도록 머리를 젖혀 비를 받아먹으며 동백섬으로 달리는 여인. 맨발로 여자를 스쳐 반대 방향으로 질주하는 흑인 남자의 발등은 검고 발바닥은 하얗다. 가지런한 윗니가 햇살에 담금질 된 도끼날처럼 반짝한다. 여자가 지나가고 여자가 달리고 남자가 질주하고 여자와 남자가 엇갈려 가고 여자가 바다 쪽을 힐긋 바라보고 남자가 뒤돌아서며 바다 너머를 바라보고 캔버스 한가득 어떻게 메울 것인가 이 캔버스 한가득 어떻게 비워야 할까.

동상이몽

알 수 없는 속도에 빨려 들어가 서식하던 네 집은
온전하리라 믿었지만
사실 '포웨히'*
네가 드리운 400억 킬로미터의 그림자 안에 티끌보다 작
은으로 나는 들켜버렸다
그 서식지에 숨어 코끼리,
내게는 우주였으므로
달맞이꽃 씨앗보다 작을 네 다리를 만지며
코끼리 다리는 바다를 헤엄치는 고래 한 마리 출렁이는
태양을 향해 날아갈지도 모른다는 동상이몽
배를 쓰다듬으며
파도를 타고 흘러흘러
나팔 불 듯 상아를 어루만지며 경쾌한 아침 기상을 같이
할 것이라는 동상이몽
빠른 그 속도에 웅크리고 있을
우리의 동상이몽
뒹굴어 작정하고 그 광속에 말려들어가
평안한 내 집인 줄 여겼던 네 집은 어느 봄날의 일장춘몽,

5500만 광년 거리로 내게 멀어지며 한 알갱이 먼지조차
기억되지 않을 봄날이 간다

---

* '깊이를 알 수 없는 창조물'이라는 뜻을 가진 초대질량 블랙홀, 2019
년 4월 10일 최초로 관측되었다.

오귀스트 로댕에게

    목에서 정수리까지 조각칼을 위로 움직일까 하다 바리깡
으로 쓱쓱, 속 시원히 밀어 올리는
    게 어떨까하고
    생각하는 사람에게 물었다
    생각하는 사람은 눈을 들여다보다
    모낭을 세듯
    겹눈을 한 올, 한 올,
    족집게로 백회에다 심으면 좋을 것 같다고
    그는 채 깎지도 않은 그의 맨 아래 패인 턱 자리에 눈 하나
재빠르게 콕 찍어 넣으며
    이 봐 봐, 이래야 올려 볼 수 있잖아

    얼른 심어 봐
    우리는 거기를 수미산이라 부르기로 약속하는 거다 알았지
    그리고 맨맨 나중에 해보다 더 빨간 눈 하나
    마저
    수미산 우듬지에 풍등을 날리는 거야 알았지?

    올려다보는 눈은

    눈부셔

>
눈이 멀어

그래서 눈은 처음부터 하나야. 로댕.

흘림체로 길이 걸어가

불이 또 꺼졌어요
19공탄 구멍 구멍 발갛게 살아 있었는데
119 사이렌을 울리며 구급등 깜박이는 이유를 몰랐어요

죽었어요

냉골에는 찬바람이 휘몰아쳐
시뻘겋게 타오른 터널보다 더 깊은 미궁으로

석탄 백탄 타는데 연기라도 한 줄,
뻗어 나간다면 얼마나 덜 쓸쓸했을까요
생의 연대가
알기도 전에 뜨거웠던 몸의 길을 휘저어
그 간극에서
몇 갈래가 기다리고

개울을 건너
산길을 돌아 나와
휘적휘적 들길 걸으며 풀내음을 맡기도 합니다
오늘은 노린재나무 이파리 냄새가 유별합니다
곧 함박눈 내리듯 연두꽃 만발이겠지요
새의 대오에서 날아가는 한 획 삐침을 봅니다

저녁노을 눈 깜박할 새 쓰러져
휘감기는 흘림체
구름 속에 들어가 보이지 않기도 합니다

새 한 마리 행렬에서 떨어져 풀숲으로 떨어집니다
어찌 된 일인지 뛰어가 봐야겠어요

아 참, 연탄불 갈기는 식은 죽 먹기보다 쉬워졌지만 그 마
저 잊혀진 일입니다

6인용 식탁

문을 들어설 때 벨을 누르지 않는 것은 그 집의 한 부분이
거나 한 부분이었지만 그러므로 같았거나 그리하여 달랐다
식탁에 앉아 문 맨 아래 틈을 주려 하지 않는 그 틈으로 몸
을 바꿔 들어서는 널 기다리지만 들어선 적은 없어 간혹 서
늘한 기운이 어깨를 노크할 때 그제서야 일어나 식탁 언저
리를 쓰다듬거나 잠깐 흔들렸던 어깨에 앉은 한기를 만진다

별일 없지?
잘 있어 그렇게 보이지?
걷고
책은 잘 안 봐 책이 밀어내는 눈이 되어 버렸나 봐
우습지?
모서리가 제일 편해
카페 탁자에서 본 4인용 예약석이란 팻말은 낯설어
예약은 없어
여긴 언제나 지정석이야
왁자하고 비좁던 식탁이 이렇게 넓은 탁구대인지 몰랐어
볼에 혀를 밀어 핑퐁 던지는 소리를 내며 웃기도 해

종종 해를 들이기도 하지
빛은 패인 지문을 더듬으면 저릿하니 모스 부호를 보내와
우습지?

그 소리가 좋아
뚜뚜 뚜 햇살이 부호를 눌러
뚜 뚜 뚜 뚠
먼 먼 바다 한가운데 잠자고 있는 뱃고동 소리를 끌고 오
는 거 있지

그 흔들림에 진종일 안개 속을 더듬는 거야

낙하의 이해

문제는
아이들 시차기 하듯 사방팔방 줄을 그어놓았다는 것이고
긴 대빗자루로 거미의 놀이터를 제거해야 한다는 것이다

처마 밑 풍경 아래에
데크를 가로질러 느티에 또 줄을 치고 있는 거미

실을 뽑아 서까래에 단단히 맨 뒤
아래로 출렁
몸을 던져 느티 허리에 줄을 매고
다시 몸을 끌어 올려
완벽한 삼각
대들보를 구축한다

대들보 안팎을 흔들어도 아무리 흔들어도
어느 것에도 제 영역을 빼앗기지 않으려는
바람은
댕그랑 그 허공을 메운다
몸을 끙차 올리고 떨어지며
사이를 오르락 내리락
들보를 세운다

>
몸을 날려 떨어진 뒤 다시 뛰어오르는

땀이 송글 맺힌 거미가
줄과 줄을 잇고 점액으로 마무리한
함정은 거미의 세계

서까래를 얹고
바람에 출렁거려도 무너지지 않을 무허가로
안방 건넌방 뒤란까지 지은,
주인의 허락도 받지 않은 무례는 무당거미 태생적 이기
일까
어지러운 색깔로 위장한 나름의 양심일까

그러나 집이라는 건 확실해졌다

시시

시원 소주에
딸기도 들어있지 않은 분홍색 딸기 우유를 안주로 들이키고

그런 뒤

금귤만한 밀감 두어 알 까먹었다

껍질 질깃한 게 싫어 금귤은 먹지 않는다 하더라
사실은 저 이쁘고 노란, 한 잎에 쏘옥 넣는다는 건
아담의 죄보다 더 클 것 같아 먹을 수 없다고 하더라

빨강 딸기와 금빛 밀감을 손아귀에 넣고 저글링을 하는 거요
무료한 사방은 흔들어 깨워도 일어나지 않아요

딸기와 밀감을 손아귀에 넣고 저글링 저글링을 하는 거요
빨강과금빛을저글링저글링하는거요
나의사방은비로소황금빛타피스트리를주렴으로내리고
나는새빨간불을안고변용시인이되는거요
  이 또한 사실은
  변용, 저 높은 데를 발바닥에 발바닥만큼 다가갈 수 있을
까 하는 몸부림이라고 칩시다
  나는소월보다더빨리죽으려이렇게오래살고있는거라오

36

>
손바닥 흥건하게 딸기가 곤죽이 되도록 뭉개져요
선혈을저글링저글링붉은피거꾸로용솟음쳐

그렇다고 밀감, 괜찮을 것 같아요?

피로 칠갑한

 참, 이렇게 궁합이 맞지 않은 것도 없다고 노랑 호외가 나
의 사방에 詩詩 휘날리는 겁니다

2부

우리의 농도

블록조 화장실지붕은 제법 따스해
아카시아 이파리가 언덕을 치고 올라 그늘에 눕는다
바람을 타고 몰려오는 꽃냄새에 얼굴을 찡그린다

가까이, 더 가까이가 이해할 것 같으면서 알 수 없는 거리
입니까

거리?
적당히?
입구린내를 맡을 수 없는 거리?
돼지두루치기 간이 엉망이라 행복한 저녁을 망쳤다고?
소금 몇 알 빼야 간이 맞는 걸까?
더 뿌려야 되니?
짜다는 거야? 밍밍하다는 거야?

미슐랭 쉐프가 팔을 높이 올려
필레미뇽안심에 5월을 흩뿌리며
가까이서 뿌리면 안돼요
뭉치면 짜거든요

여우비가 흘려 적은 레시피는 유효한 주문입니까

>
마리네이드는 필요 없어요
필레미뇽은 부드럽고 맛있어요
가니쉬로 방울토마토와 아스파라거스가 좋아요
봐요 산뜻하잖아요

아스파라거스 토마토 피망이 울긋불긋 단풍인데 당근,
산으로 가고 싶겠습니까

부경대역 3번 출구에 개업한 코퍼터gym 트레이너샾 지
하에서 엎어지고 메치고 쿵쿵 뛰어오르고 이열치열 왁자하
게 들릴 것 같아 기웃거려도

사업 번창하기 바란 건 정말 정말 오지랖은 아니지 않습
니까

자동차는 꼬리에 머리를 달고 엉키고
사람들은 바쁘게 걸어가고
어쩌면 코피 터지게 넘어지고 되친, 힘 찬 호흡이라 생각
해도 되겠습니까

식탁에 앉아 파를 까다
남의 머리는 왜 만지는 거야 냄새 나게?

혹시 낮에 네 머리에 피가 묻었을 수도 있다는 생각이 드는 거 있지?

웬 피?

그래서 쓰다듬었다고?

쓰다듬어 보는 거야 그래서?

탐색 같은 느린 손놀림을 괜찮다 좀 괜찮다 시사이*같이 소리도 내지 않고 히죽 웃습니다

펫이가 내가?

쓰다듬구로

* 일과 행동이 모자라는 사람처럼 행동하는 사람을 일컫는 경상도 사투리.

42

가정식 백반을 먹다

누군가가 먹고 떠난 뒤
열탕 소독을 할 것인지
세제를 철철 부어 번개 세척을 한 것인지도 모르는
스테인리스 수저를 들고
지금 식당에서 점심을 먹는다

입과 무작위의 입을 허용한
누구였을까
선한당신? 사기성농후한남자? 순한내어머니? 거렁뱅
이? 신부님? 내게이리와서접붙여돋아난황국싹을보라던
초등학교온실담당이셨던김재규선생님?물봉선보다더아련
한내전생?
누구였던가?

나물 한 점 콕 집어
숟가락 위에 올려주고
겸연쩍어 고개 돌린 인연이었을지도 몰라

수저를 들고 밥을 먹는다
입안을 들락거리는 금속성은
이리 두루뭉술 허락함이라
이리도 단단하고 차가움이라

어느 날의 그림氏에게

서쪽이 가뭇해지면 하늘은 붉음 붉음
피바다가 흐르고
바야흐로 해가 지고 있습니다
이럴 땐 자리에 멈춰 그림이 될까요
그것조차 안 된다면
그 그림의 그림자가 될까요?
그림자의 꼬리를 잡으려 맴을 돌면
그림자는 꼬리를 세차게 흔들며
달아나지도 않으면서 달아납니다

저녁 해가 하루를 가두다 보면
사람이 사람을 가두어
언덕을 기어올라

흔적도 없이 사라지는 찰라
기억 속 한 점 그림으로 되새김하는
눈도 멀고 귀도 멀어
훌쩍 떠오른 해는
풍덩 자취를 감췄어요
저 끝 간 데 얼마나 멀어지는 뒷모습일까요
지금 그림씨는 다른 그림씨 안에 살고 있는 건 아닌가요

\>

자세히 들여다보아요

그림씨 말 좀 하세요

plan 75*

100은 꽉 차서
99는 욕심내는 살찐 프렌치불독 같아서
88은 팔팔하지도 않으면서 끄떡없다고 촐랑대는 진상 같
아서

국가는 얼마든지 당신과 함께해요
스위스는 옛말이에요 순전히 사치죠
목덜미에 패치 하나면 편안히… 편 안 히
친절한 채근을 한다는 가정

가정은 사실이 되는 게 거의 맞는 수순

플랜 75는
선택 조건입니다
뭐야 쫄았잖아 멀쩡하잖아 겁내지마

의사를 기다리는 동안 알았다
상악 아래
볼살과 살점과 등등을 엑스레이는 말끔하게 삼켜
반쪽 해골
어슷기둥을 세우고 쓰러지지 않은 이빨 군데군데
내려앉고 벌레 먹은 이빨 사이를 메운

허물이
반짝거리며 하얀 낙인 되어 빛나는

온갖 몸의 누陋,
뼈만 남은 앙상한 플랜을
스캔하고 복기 한다

* 75세 이상 소외된 자국민의 안락사 지원정책을 권장하
  는 일본영화.

plan 75, 자유

맞아
담배 한 대 구름 피워 올리기는커녕
근사하게 마리화나 피우기는 더더욱
마약 같은
청춘의 특권

뚜렷한 길이 보이지 않아 얼마나 무한 자유였던가
스펙트럼을 덧칠하다
힙노시스hypnosis 근처를 지나가며 힙노시스Hypgnosis의
문을 기웃거리다
불타오르는 오마주!
싹 다 불태워버려라 용서해줄게*
빠를수록 좋고 쿨한
지금이란 이름의 지금이 온다는 걸 알지 못한다
여러 갈래 나 있는 어느 길을 걸어도 젊음은 언제나 옳았다

매끄럽고 먼지 톨 묻지 않은 완벽한
맑다가 흐린 날이 교차하고
어둠이 덮힌 거리는 소리가 스미고 저며
노을 내리는 수평선 저 너머로
핑크 돼지를 날리며 자유였을

\>

찌직찌직 기별을 보내는 낡은 턴데이블은 건재하다
작아지기만 하는 비밀은 비밀이기에 비밀이 아니지만
꽃들을 무참히 쓸어버린 바람이
저녁의 가시를 뜯으며 우는 것은
끈끈한, 살 부딪는 소리
비겁한 줄 몰라서 비겁하게 걸어왔는지도 모른다는 최면,
달리다 걷자
망설이지 말 것

어차피 오래 달리지도 못한다

* BTS 불타오르네 가사 변용.

긍휼히

러시아워를 비켜난 전동차가 조용하다

13명이 도시철도 3호선 꼬리칸에 앉아 있다

여기 누가 주를 배신할 사람인지
주여 제발
베드로, 안드레아, 야고보, 요한, 빌립, 바돌로매, 도마,
마태, 알패오의 아들 야고보, 다대오, 가나안인 시몬, 가롯
유다를

내가 내리는 물만골까지는 아무도 내리지 말게 하소서
나는 알고 있으나 나는 모르노라 그러지 마소서
물이 철철 흘러내리고
숲이 울창했던 태초의 그 계곡 물만골에서
우리 모두
아무도 깨끗이 씻어졌다 하지 마소서
너의 이마에 가슴에 눈동자에 당신을 배신할 누구 있다고
겁주지 마시고
나 아니야 나 아니야 아마 너일 걸

낮을 대로 낮은
우리 모두 눈물로 씻고

그리고
물만골에서 헤어지자고 말해주소서

유산

단주 하나, 108염주 하나, 천주를 삼우 지나고 받았다
참새가 물고 온 소금 한 톨 만한 금붙이는 올케 주고
달랑 염주 세 개 유물로 받았다고
유산을 많이 받은 친구한테 부럽다며 웃었다

엄마는 새벽 4시면 하루도 거르지 않고 기도를 올리셨다

나는 하다 말다
닳아 반질반질한 당신의 천주로 관세음정근을 한다
염주 한 알 돌리고
오늘 먹을 초밥은 흐린 날씨에도 괜찮을까
오늘따라 관세음보살님은 기괴한 웃음으로 왜 나를 시험
하시나
낱낱 알알 염주는 망상을 돌리고 돌리고

잘 살아갈 것인지
염주 한 알에
염주 천 알에

내 안에 서걱거리는 갈대밭 수천 평,
갈고 닦으라
내게 주신 염주 세 개

빙도에 대한 예의

상경아파트 아슬아슬한 담을 따라 뱀피 가방을 들고 아
파트를 나와 외출을 하죠
피리 소리에 홀린 아이들처럼 뱀이 임의 가방 안으로 미
끄러지듯 들어가죠
끊어도 또 자라나는 똬리를 틀고 뱀은 혀를 날름거리며
생각을 증거하려해요

김은 늪 냄새가 난다고 하고
윤은 숙차 냄새가 아니고 알 수 없는 비린내가 난다고 하고
홍은 생차를 마실 때 관음의 미소를 알 수 있다고 하고

임은 한 박자 늦게 손뼉을 치며
아참, 이즈음은 빙도氷島*를 헤엄치고 있어요
은어가 빠르게 물을 스치면 물의 나불은 은어가 지난 길
을 더듬어요
오이 비린내가 나요
맞아요 상큼한 오이 냄새랍니다
생차만 마셔요 나도

은혜 씨는 지그시 눈을 감죠
빙도가 우아하게 지나가며 느리게 느리게 움직이고 있어요

* 중국 임창 보이차.

53

환상통

그리고 아무것도 아닌 것처럼
천둥 번개 지나간 아침은 더 깨끗하지

푹푹 찌거라
폭폭 야무지게 쪄져야 무엇인들 상하지 않는 거란다

번개 치고 천둥
우르르 쾅,
우르르 쾅쾅
강을 미끄러지며 번쩍번쩍
거슬러 오르고 저 맨 아래 가두는
오르고 내리는
엘리베이터 안의 처음 보는 눈길 따위도 새겨지고 또 새
겨진다
그림자와 그림자의 그림자
창을 뚫고 덧댄 무늬가 환해지며
번쩍,
치열했던 여름의 흔적
쾅쾅,
콜라주로 마주 선 벽화
들켜버린 쌓인 지층을

\>
밤 내내 뒤적이다

동공을 허옇게 열었다가
서늘하게 닫아버린 눈꺼풀은
벽력같은 사랑을 어떻게 묻었을까
가득한 말이 닫힌 눈꺼풀을 비집고 웅얼거린다
무섭다
우르르 쾅쾅
우르르 쾅 번쩍 번쩍

그해 여름

잘생기고 젊은 보좌 신부님이 좋아 영세 준비반을 빠지지
않고 다녔다
그날은 보좌 신부님은 보이지 않고
특별 참석한 노신부님이

들판의 노란 민들레 한 송이를 에디슨이 만들 수 있어?
한 송이 10원 하는 붉은 장미를 어느 과학자가 만들 수 있
느냐고?
오직 전능하신 신께서
민들레를
장미를
창조할 수 있다는 말에 격하게 동의했다

格이
젖은 머리카락을 쓸어넘기며 걸어오고 있다
다이알 비누 향기를 날리며
자갈 바닥을 끌고 다가오는 슬리퍼 소리

하얀 이는 눈부셨다

순식간

>
천 송이 만 송이 민들레 장미가 피어나고

아, 하느님!

저는

꽃을 만들 수 있고

아이를 만들 수도 있어요

뻑 뻑

저녁 강이 노을에 물들기 시작하면
숭어는 지느러미를 바쁘게
움직인 만큼
뻑뻑
숨을 토하며 물맴이를 그려
어둠이 강을 덮기 전에
바튼 동그라미 안에 포획된 먹을 것을
잽싸게 낚아챈다

동지 짧은 해 떨어지기 전
백비탕 끓이다
화가 동한다며 말아 만든 담배 한 모금
뻑뻑
피우고
슬며시 무쇠 솥뚜껑을 밀쳐 열어
나무주걱으로 끓는 물 소용돌이 휘휘 저어 잠재우고
다시 뚜껑을
천천히 천천히 닫는

저녁 배불리 먹고 수영강을 걷는다
가마우지도 청둥오리도 물가에 까맣게 앉았어요. 어서요. 어서
요. 첨벙 들어가지 않아도 돼요. 천천히. 살금살금. 발만 조금 적시면

되겠어요. 이제 어서요. 어서요. 청둥오리탕도 괜찮아요. 가마우지도
상관없어요

속삭이는 루시퍼 소리 점점 빠르게 빠르게
다정하고 다정하게 귓가를 맴돌아
어서 어서

숭어가 저녁을 박차고 뛰어 오른다
강에도 허공에도 여전히

뻑뻑
숭어가 뱉어내는 동그라미

치열한 동의

그래도 잡고 있었다

언니 따라 교회 가서
구석에 구겨져 앉아 미역국에 김치로 얌전하게 점심을 먹고
다운타운을 구경하기 좋은 속도로 자동차는 달립니다
힐책하지 마세요
스키드 로우를 구경하기로 했어요

좀비가 겅중거리며 걷다 넘어지고 넘어지고
남자와 눈을 마주쳤어요
오 마이 갓,
토끼처럼 새빨간 눈에
눈물이 그렁
"울고 있잖아요"
"약하는 아이들 눈은 원래 그래 " 형부는 말했어요
길게 늘어선 찌든 천막 사이로
고양이만한 쥐가 무사통과 합니다
쥐에게도 웃어요
흔들거리며 여자가 먹던 빵을 떼어 쥐에게 던져요

내 겨드랑이에 박힌 경첩이
간지럼을 타며 풀리고 있어요
나는 날아오를 거예요
그러나 오 마이 가쉬,

날아오를 생각이 깡그리 지워졌습니다
딛고 있는 땅은 지린내 풀풀거리고
여기는 천사가 살았더랬어요

차가 창밖을 힐끗거리며 달리고 좀비가 비실비실 걸어오
고 강시가 겅중겅중, 색바랜 천막은 축제가 끝난 깃발처럼
펄렁이고 쥐가 뒤뚱뒤뚱

이 냄새를 이미 알고 있어요
날아가지 않을래요
여기는 혼자가 아니에요

대체불가능의

달고나 뽑기는 희망적
그 모형은 단순해서
별을
우산을
그리운 집을
설탕이 자글자글 끓고 한꼬집 소다를 치면 아! 화르르 부풀어 오르
는 흑역사

이것 보아요
오징어 다리 열에 빨판이 **빽빽**하게 달린 모형을 만들어
찍는 거예요
위에서는 총구를 겨누고
이미 알려진 방법, 이정재의 핥기는 고전이다
달고나를 핥는다
지느러미 몸통 머리 핥기는 아주 쉬워
다리를, 혀끝으로 닿을 듯 닿지 말아야 할 듯
빨판에서 깨지지 않기는 천당에서 지옥 가기

배관을 몰래 끌어 성업 중이던 수도국 이씨 아저씨의 둘째 딸 너
미南伊에게 빵을 뜯어(빵의 이유는 기억나지 않는다)
엄마는 배가 아프면 소다 푼 물을 먹으면 낫는다고 했어요
정신 차려 자칫,

엄마 따위 그리워하다 혀끝이 삐끗하면
빨판에 목숨이
따당 따다당,
그해 봄, 삥뜯기는 발각 났고 너미 언니의 현란한 따발총에 나는
비겁하게 죽었다

오징어 틀은 목숨 값으로 얼마를 지불할 것인가

고이는 침을 삼키며 태평양을 헤엄쳐 왔다며 초콜릿을
들고 방방 뛰면 그래서 초콜릿을 무지 좋아하는 죽은 엘비
스가 내 손에 사인을 해 준다면
Seesaw. SUGA from Bts라고 슈가가 내 팔에 사인을
해 준다면
어깨와 손 사이에 달려있는

떼어낸 내 팔에
손은 주저 없이 악수를 청하며
이 대체불가능의 토큰은

시소에 앉아 맘을 점치는 참새 한 마리를 낳아 맞은편 자
리에 앉혀 놓는다면
우리는?
이 대체가능의

밤산책

가로등이 켜지면
담과 가로수 터널 사이를 성큼 앞장서는 그림자
나무 아래로 들어선 그림자는
더 뚜렷하게 길어지며 앞장을 서고
(어디로 데려가는가?)

가로수를 벗어나 불빛 아래 걷는다
앞장서던 그림자는 옅어지며 얼른 나와 나란히 걷든가
허리춤에 붙는다
(그림자의 거푸집?)

다시 나무 밑을 걸으면 그림자는 또 앞장을 서고
(오 역시, 넌 용감해)

동행이 지루해질 때
흐릿하고 작은 그림자
가령 젖가슴 아래, 명치 정 중앙, 음모 성긴 둔부에
검게 꽃 피우다
붉게 시들어
말과 말 사이의 격음처럼
옹골지게 박힌 체리혈관종
(복병처럼 그러나 동지 같은)

\>
나와 그림자의 그림자가 사이시옷 되어
같이
걷는 밤

3부

세 개의 시간

이 벽에 걸렸다. 시계추는 쉬지도 않고 흔들리는데 시간은 멈춰 있다

pm 2:50 국경

여기부터는 노갈레스 국경이야. 문득 그 향방조차 가늠하지 못한다면 아리조나 카우보이는 바람이 되어 갔다는 말은 맞는 말이다. 사과가 튕겨 나와 경계 팻말 위에 붉은 알전등을 켰어. 이젠 잘 보여. 망설이지 말고 발을 떼. 여기 이 땅은 모래알같이 많은 얘기를 남겼을까? 많은 것들이 손가락 사이로 흘러내리는데 금모래야. 국경을 갈라놓은 장벽 철제 울타리 사이를 비집고 누군가 만들어 놓은 시소를 이곳과 저곳의 아이들이 낮도 가리지 않고 즐겁게 타고 있다. 외따로 여자아이 혼자서 시차기를 하다 여길 보고 웃었어.

am 05:50 눈

빅베어엔 눈이 내리기 시작. 밤새 쌓여 캐빈은 흰 세상에 덩그마니 놓여졌어. 한 발짝 나갈 수 없는 고립된 창을 바라보며 따뜻한 커피를 마신다. 눈이 쌓인 나무등걸 사이 눈을 쪼다 깃을 털다 고양이 울음을 우는 새. 크, 이쁜 녀석.

pm 2:50 봄날

벚꽃은 몇 날을 불태워버렸는지 몰라. 뒤돌아보는 것은
반칙이야. 그러나 힐끗, 반칙이었어. 한 줌 재들이 바스라
져 날아가고 있어. 도대체 무슨 짓을 한 것인가.

이, 가처럼

아침이 쓸쓸해 이불을 끌어당기다
기억해냈어
넌 어디에서 내렸는지
무성했던 풀숲으로 들어갔던 것 같기도 해

맞아
회오리바람이 미처 방향을 잡기도 전에 몰려왔고

그 사람이가 나에게 말했어
내 형가 너무 착하다고 사람들은 말했어
라고 표식 되는 거 억울했어

손잡아 주고 싶었는데 이, 가처럼 어긋났고

왜냐면
나는 엄마가 내게 이야기했어라든가
내 동생이 들고 있던 알사탕을 빼앗아 달아났어라고 비교
적 똑바로 말 했거든

저기 숲속 풀을 헤치며 걸어오고 있을까
지친 어깨로 앞에 서면 어쩌지?
스쳐 지나가는 건 아닐까

\>
또 이, 가처럼 어색하면 어쩌지

누가 이, 가를 말했지 아무도
빛이 닿지 않는 가시덤불 걸어갈 아무도
누가 찾아가려 했나 아무도
먼저 간 길 아무도
아무것도 아니어도 아무것이라 아무도
모르는
참 아무렇지도 않은 것처럼 아무도

아 그러나 허기져 숲을 헤매다
사슴뿔을 잘라 피를 들이킨 뒤
입에 묻은 피 스윽 닦으며 짓는 웃음과
지켜보는 사슴의 눈처럼

이, 가는 겹쳐지는 것 같기도 해
아무도

아무도

이름을 불러줄게

눈곱도 떼지 않고 뇌랗게 소소리바람에 떨고 있는
널 눈곱쟁이라고 불러줄까
아니아니 저는 산수유라고 해요
바짝 몸을 붙이고 제 이파리 열 배 스무 배 뿌리를 뻗어 집
을 짓고도
천연득 눈망울로 쳐다보는 이름 모를 널
좋아, 쬐끔한 파란별이라 불러줄게

모두 모두 불러줄게
골무꽃 광대나물 깽깽이풀 빈디지치 백선 선개불알 노루
오줌 노루귀 노루삼 꿩의바람꽃 뽀리뱅이
봄맞이꽃 옆에 핀 얼레리꼴레리 얼레지꽃.
누린내풀 며느리밑씻개 물봉선 박주가리 배암차즈기 소
경불알 속단

속단하지마세요. 저는 딱 부러진 당신의 뼈를 붙여주는
속단. 그래서 완강합니다
엉겅퀴 쥐꼬리망초 초중용 가막사리 눈괴불주머니 별노
랑이 까실쑥부쟁이 개쑥부쟁이 나도송이풀 나비나물 나도
나비 쉽사리 터리풀 산비장이 새콩 송장풀 층층잔대 톱진
내 진퍼리장대 양지꽃 왕고들빼기 이고들빼기

>
이고들빼기, 너는 이 가구나 나도 이 가
또 저기 무리 진 양지꽃
새비리* 양 가들 양가 양가네

쑥부쟁이 개쑥부쟁이 지천인 들판에 뛰어 놀다
새비리 양가양가 통신표를
시냇물 돌다리 걸터앉아 종이배 접어
풀냄새 피어나는 나의 다락방으로 살풋 띄워 보냈다

* 전부, 많이의 경상도 방언.

우리를 알아가는 새로운 방법

돌아보아도 앉았던 의자는 그대로다

합의이거나 암묵이거나
짧았던,
지루하게 오래된 순간들은

더께 앉은 의자의 체취는
감당해야 할 네 안의
들숨과 날숨이 어긋난 파열음

그렇게 사라지지 않는 소리를
오래오래 빗질하며 앉아있다

그러니까
좀 더
용감하게 물어봐야 했어
그때
왜 창문을 닫았냐고
해 지는 저녁 너머를 오랫동안 바라보고 싶었지만
넌
눈 깜박할 사이
회오리치며 어둠이 들이찰 거라고

먼지 한 톨 남기지 않을 어둠을
이해할 수 있을 때
창문을 열자며
파리한 얼굴은 더 새하얗게 표백되었다

영화는 끝났다
아직도 아날로그 영사기는 돌아간다고 하고
소년 토토와 알프레도가 속살거리는 시네마천국은 끝났다
불이 켜지기 전
지루한 앤딩 자막이 부옇게 앉는다

손님굿*

설핏
가까이 오지 말아요
가까이 와 봐 봐요

시취는 그렇게 꽃향기에 얹혀 묻어왔다
이웃은
그래서 간간이 냄새가 실려 오기도 했다고 끄덕이며 말
한다

쇄골에 고인 진물에 맹렬히 기어오르는 살찐 구더기,
썩은 강을 떠도는
물양귀비 치명의 노랑에 눈이 저려서
아무것도 보이지 않아
정말 아무것도 찾을 수 없어

어허허이 휘이 휘사 휘이

술이 없어 내 가면서 술 한 잔은 못 권해도
결판지게 춤 한 자락 춰볼라요
휘이 휘사 휘이

만리향이 진눈개비 사이로 퍼지고

언덕의 코 평수가
흠흠, 넓어진다
내리막이 비틀거리며 젖고 있다

* 죽은 사람이 이승에서 친했던 사람의 영혼을 불러들여 대접하는 씻김
  굿의 세 번째 순서.

환승

　빨강 코트를 입은 여자가 포르투게스어가 적힌 종이를 읽
다가 던진다
　이렇게 시작되는 것이다
　포루투게스어를 찾아 시드니행 야간열차를 타듯

　누구를 만나지?
　아득한 모국어는 어떻게 생겼을까?

　내리쬐는 햇빛에 남평역 마당은
　푹 삶은 물고구마처럼 누웠다
　열린 폐 역사로
　입을 쫑긋거리는 청설모가 잽싸게 들고 나고
　화륵화륵 밑천 다 내보이며 시든 작부처럼 황량한
　늙은 벚나무가 내어 준 터에
　딱따구리가 부지런히 구멍을 뚫고 있다

　집은 다 지어질까
　몰아 올 태풍에 저 고목 우지끈 동강나 뒹굴면 어쩌지

　무료하기조차 적막해
　읍으로 나가는 202번 막차를 놓쳤다
　나주행 999번을 타고

시내로 나갈 수 있다

나주행 999를 타고 날아라 은하열차 999에는 누가 또 다른 누구를 기다리고 있을까를 환승해 토성의 웜홀로 가는 항성 구내매점에서 외계어를 사서 달달 외우며 또 다른 은하를 찾아간다

안개 지역

통도사 가는 길을 지나야 즐거운 집이 있었다
차 한 대도 만날 수 없는 고속도로에 멈춘 자정
속도는 스산하고 무서웠다

달리다 꿈틀,
싱크홀로 버티고 있는 안개 출몰지역
삼켜도 줄어들지 않는 껑충거미가
멀리서 다가오는 소리로 물레를 자아
뭉얼뭉얼 안개를 낳고 또 낳고
실종된 밤이
바쁘게 성을 쌓고 있다
함께이면서 함께이지 않은
밟히고 엉키는 안개의 방

서로를 탐문하며
외곽을 요새처럼 둘러싸고
이 단단한 결속을 벗어나면
되돌아올 수 없는 미아가 될 것 같아
실오라기 하나 빠져나가지 못하게 제 안에서 웅성거리
고 있다

자벌레가 몸을 도르르

순간으로 굴러가고 변신하는
건들기만 해도 웅크리는
잃어버린 얼굴들의 주소

뭉얼뭉얼 작약 한 송이 터집니다 피흘립니다
스멀스멀 모란 한 송이 입을 엽니다
찬란한 슬픔이 귀결된 문구입니다

예감은 틀리지 않았고
안개를 벗어나 차는 빨리 달린다
우리들의 발바닥은 이미 안개를 읽어버린 지문
김빠진 제로콜라는 지문을 지우며 쏟아진다

초록의 간증

만큼 미미하다고
죽음의 신이 드리운 줄을 끊을 찰나
어떡하나 어떻게 해야 하는 거지?

도탑하게 미역국을 끓였다고 둘러대고
뭐라도 해야겠지 아가야?
먹다 던져둔 오리온 사블레를 우걱우걱 삼켰어
성글고 달콤하고
걱정하지 마 오리온 좌로 잘 도착할 거야
오, 우아하게 사블레
겨울 하늘에 제일 빛나는 별이 너야
낯선 억양으로
블라블라숑숑, 괜찮아
어차피 장밋빛 인생이라고 뻥치잖아

바스라져 날리는 비스킷 가루는
혀끝에 이물거렸어
창을 기웃대는 바람에도 거푸집은 떨어져 나갔어

초록이 기승을 부리고
데드마스크에 피어난 간증玕黳*
얼마든지 덮을 수 있다고 생각했어

너는 찢겨 흘러가고
썩은 저수조 아래 아래로 나는 녹아내려
우린 없어
너는 지켜보는데
나는 네가 처음이라

* 기미.

오! Say no

강간 당한 꿈을 꾸었다
분명 집인데 남자는 침대에 점령군처럼 자고
침대를 뺏기고 서성거렸다
아무리 분간하려 해도 창밖이었다
익숙한 안처럼
슬퍼할 줄도 모르는 낯익은 밤을 배회하고

꿈을 깼다
침대 끝에 미놓지 말리듯 오그리고 창 쪽으로 누운 채였다
어둠이 서천의 편이라면
그 많은 어둠 쪽이다
화탕의 환희도 기억나지 않고
마지막 남은 깃발을 꽂고 달리던 서슬 퍼런 철성의 편도
아닌

창 너머는 아직도 깊은 밤이다
반대편으로 돌아눕는다
반대편도 깊은 밤
눈을 감고 체취를 지운다

구멍이 나도록 지우고 지워도
구멍으로 남는 무엇이 꿈틀거려

명치를 뚫고 우럭
올라오는 이야이야, 가쁜 비명

아침이 밝아는 온다
조금 지나면 새가 웃을 것이다
한 번도 새가 웃는다고 말하지 않은 내 잣대를

새가 운 어제 아침에게 손을 내민다
755쪽인 세이노의 가르침을 6480원 샀을 때와 같이
보숭한 횡재도 기다릴 것이다

몸 한 채

등기도 이전도 안 되는 집 한 채
있다는 걸 알았다

하수관
뜯어 물길을 터 줘야 해요
배꼽에서 등 뒤까지 메스로 주욱,
성성자*는 댕그랑 댕그랑,
뚫린 길 앞장섰지만
그러나 하나 남은 방울을 살짝 건드려
댕, 흔들어 보는 것이다

허방
에잇 뭐 지금 중요한가요?
제거하고 귀찮은 것도 이참에 깔끔하게…

사이보그
오금이 당기지 않아서
삐익
씩씩하게 공항 검색대를 통과한다

기둥
내려앉은 척추에 나사로 기둥을 세우고 드릴로 갈고

정신을 주저앉히면 도로아미타불 돼요
비우세요
리사이클링은 불가능해요
총체적 난국은 리모델링일 걸요

낡고 추운 집은
바람 한쪽 무너지며 도미노처럼 쓸려갈 것이다
가랑비에 서까래 뭉텅 내려앉아도 뭔 대수
군불 지피고 누워야겠다

* 惺惺子, 조식이 자신을 경책하기 위해 옷고름에 단 두 개의 쇠방울.

사려니 숲

한 발

한 발

안개를 짚어 나간다

지금 나는 어디에 있는가

올려 보아도

내려 보아도

두 손 모을 수밖에 없어

공손한 내가 되어
안개 쌓인 숲에서 울컥

이끼 냄새 배릿한
먼, 먼데서 미끄러져 나온 벌거숭이,
도저히 결정할 권한이 없는
아주 작은 한 톨,
덕지덕지 흙탕 발로 들었으나

\>

死려니 사려니 살으려니

사려니 숲,

숨소리조차 죄인 것 같아
물방울 머금은 때죽나무 덤불에 주저앉아
얼굴을 묻는다

채널을 돌린다

주말 극장에선
양철 지붕에 후두둑 도토리 떨어진다
돌아누운 남자는 비 떨어지는 소리라 하고
빗소리 같은 도토리 떨어지는 소리야라고 여자가 말한다
가을밤엔 흔한 일이라고 여자는 말하지 않는다

굴참나무 큰 키 어둠을 안고 달려와
엥엥 귀신 소리를 내며
밤을 다그치고
누구 없느냐고 소리를 지르면 지를수록
소리는 여자를 삼키는

당신은 밤을 뭐라 말할 수 있어?
손 덥썩 주지 않는
철저히 혼자라는 거야

함부로 비 온다고 말하지 마

채널을 돌린다
릴리안 생리대가 불임을 초래할 수 있어 집단 소송을 당
했다

>
채널을 돌린다
여자가 예쁘게 담은 나물 비빔밥을 젓가락으로 살살 어르
며 비벼준다
덜 비벼진 비빔밥을 먹는 게 답답해서요
이게 사랑인가봐요 후훗

채널을 돌린다
남자는 코를 골며 자고
여자는 어둠에 잠긴 창밖을 바라본다

도토리 떨어진다

Dog Park

브로넌 씨의 반려는 래브라두들* 반려견, 목줄을 채우고
같이 걷는 래브라두들 반려는 반려인 브로넌 씨

초록을 강아지들이 뛴다
개들을 몰고 나온 브로넌, 브로넌, 그리고 브로넌
둘러서서 얘기에 열중이다
어린 한국 여자는 말하기 위해 공원에 나온 게 분명하다

레디 고!
나 너, 그리고 말, 문이 열리고 말 한 마리 백 마리
풀어 놓아도 말하기 위해 말의 주변을 맴돈다
Dog Park에는 말은 달아나지 않고
강아지는 잘도 뛴다
렛츠고! 고! 고!
멍멍이들은 멍멍 뛰어놀고 애무하고
말들은 히이힝 콧소리를 내며 서성인다

말하기 위해 모여드는 개들의 공원
드리워진 말들 사이로 햇빛은 따갑고
고마워, 눈을 감을 핑계가 생기지
말을 꺼낼 것이고
말은 달릴 것이고

말의 샘은 달구어진 채 뒹굴고
말은 깨금발로
뜨거워 뜨거워 절룩이며 걸어가고

말을 거두어 마방에 가둔 사람들은
저기 풀밭으로 달려나간 베이비들을 불러 모아
다시 목줄을 채우고
반려인과 반려인이 되어 나란히 나란히
앞서거니 뒤서거니

* 털에 대한 알레르기 저자극성 안내견을 만들기 위해 래브라도 리트리
 버와 스탠다드 푸들을 교배.

눈 덮인 새벽

아무도 밟지 않은 눈밭에
하물며 우리
쉬이 들어서는 바람 자락에게도 감추기 어려울 바에는
차라리 천국의 문
낙타가 바늘구멍을 지나갈까

저녁 해가 산 아래로 떨어지는
찰나에게 미안
눈이 부셔 눈을 감는
흰색에게 미안
흰 눈이 내린다고 문자를 보내다가
흰 눈이 내린다고 보내버린 실수처럼
휘어진 오른 손에게 미안
딛는 땅을 흙색이라고 대못질한
그 땅에
그림자 드리운 가난한 심장이여 미안
보일 듯 말 듯 작은 들꽃에게
이름 모를 꽃이라고 말한 것 미안해
순박한 눈밭에
때 묻은 발자국 남기며 지나가서 미안
미안이라고 말해서 미안 미안

4부

화양연화

1.
넉넉한 나무 그늘을 독차지한 노파가 점괘를 보라 합니다
오는 이도 가는 이도 스쳐 지나가는 정물이어서
쉿,
쪼그리고 앉습니다

맞힌 건가요
맞는 말일까요
빗장 맨 아래 까마득한
어린 새 한 마리 살고 있다는 괘가 싫진 않아

맞혔어요
만 원짜리가 푸드득 날고
잠 깬 푸른 새 훨훨 날아갑니다

1.
발이 푹푹 빠지는
가도 가도
자작나무 둥치에 기대기만 해도
눈이 후득후득

마주 보는 눈썹에 꽃물 번지는

\>

1.

들메밀꽃들이 조막손을 내밀며 안녕안녕안녕

아침이에요 당신의 베란다에서 녹색의 장원처럼 살 거예요

십자가나무 우듬지서 새들이 소식을 전해요

종일 쾌청.

황사 없음.

바람도 자구요.

어서 나와요 비비빕.

들메밀 분홍분홍 사이를 기어다니는 쥐며느리 두 마리 잡
아준다

텃새는 몸을 부비며 산다

얼기설기 맞댄 지붕들에게는 이름이 있다
인천 이 씨 시중공파 33세손이라는 내력 같은
바스라질 것 같은 블록 담장을 피어오르는 무슨 목, 무슨
류의 이끼처럼

안창마을

골목과 지붕들은 지지대로 건너건너 층층 어깨를 감싸며
그들만의 안창, 골을 만들어

신발 안창에 고인 땀내 나는 발을
그 골에 담궈 서로를 씻겨준다
낮게 엎딘 지붕 위
끝 간 데까지 기어올라
더 이상 지탱할 수 없을 땐
곤두박질치듯 물구나무서는
산 번지 나팔꽃

보라 나팔꽃 보라 입술

새파랗게 질리도록 나발 분다
뿜뿜 뿜빠라

넝쿨 사이 넘나드는 참새가 쨱쨱 평상에 곁든다

2550 번째 아침

초승이다가 온전해졌다가 자지러져 숨어버리는 그믐이
반복된 습기를 끌며 밀려오고 있었다

내게 습기란 익숙한 기운
한기를 서걱서걱 저미며 다가오는 소리가
외려 평안해
그 소리에 고운 노랫말을 얹고 있었다

미더울 것 없다는
멀고 긴 시간은 지루한 풍경

아쉬운 것은 지나가면 그만이라는 주문呪文,

민망한 손과 손이 두 손을 포개
굳게 채운 자물쇠 무슨 감당일까

허황하고 황량한 통과
순삭旬朔에 순삭瞬朔

라라라, 도리뱅뱅

멋진 일은 순식간에 벌어지는 거야
에펠탑에 들어가지 않아도 좋아
황금빛 탑이 보이는 레스트랑 루이스에서
라따투이를 먹자고 이야기할 거야
뭉근하게 끓인 것보다는
에니메이션에서 본
올리브에 토마토 가지 호박 당근을 도리뱅뱅 담은
보기도 아름다운 라따투이와 코코뱅을 먹어야지
먼지 냄새 낮게 깔린 노천 식탁에서
빠리를 흠뻑 느끼며 먹을까

생각해봐야겠어 징크스란 게 있잖아
내 얼굴을 보고
오 친절도 하셔라!
어느 겨울 동막골에서 먹은 도리뱅뱅이를 내놓으면 어쩌지
토마토 짙은 냄새가 느끼할지도 몰라
울랄라 울랄랄라
매운 향신료를 듬뿍 넣은
돌발 상황은?
얼얼한 매운 일도 있다는 거지

내친김에 샹젤리제 거리를 바이크로 달려보지 뭐

몽마르뜨 언덕에 올라

복숭아 향에 취한 오월 크로키를

무명 화가에게 부탁한 뒤

샹하이 띵샹루로 날아가

라 라 라 라 라따투이辣打投 라조육을 먹을까

땀을 뻘뻘 흘리며 마라탕을 만들까

제비꽃

현관문이 열려있다
7시간이나 활짝 열어 둔 문 안은 미동도 없이 그대로다
누가 들어왔을까
그러나 섭하게도
퉤퉤, 미련 없이 나가버렸을지도 몰라

물주지 않아 시들어버린 마가렛 속에
'나의 아저씨'의 '나'가 쪼그리고 앉아 운다
난간 틈새를 겨우 비집고 올라온 제비꽃처럼 운다
또 다른 제비꽃이 울고 있는 옆에 앉아 같이 훌쩍인다
저녁 해에 노루 꼬리 밟히듯 아득한 사랑도 그 옆을 서럽
게 서성인다

춘궁을 뱉기에 제비꽃들 오래 서럽고
낮은 목소리는 젖다가 하루 내내 무너져내려
어린 새의 날개는 접혀진 채로
수줍게 기지개를 켜고
'나'는 지쳐 울음을 그칠 것이고
꽃들은 슬퍼도 피어나

자, 우리 울음을 그쳐 볼까

>
저 꽃들

어느새 모두 질지도 몰라

잘 익은 저녁

화들짝 소소리바람 몰아친 뒤
바람 잦아지면
이내 갈무리에 들어가지
칩거의 날은
바람과 별과 해와의 동거
벗과 마주한 저녁이

소슬하니 잘도 익어

정한 물을 붓자

달과 별과 해가 사그라지고

참새가 열두 가락 톰방톰방 밟으며 가야금 줄을 타고 있어

외씨버선 수눅 같은 배에 힘이 실리며

궁. 상. 각. 치. 우

현은 빠르게 바람을 일으키다
자지러지게 숨을 가다듬다

\>

깊은 강 저 멀리

지음의 청청

음식남녀

산꼭대기 눈이
반사되어 금속성 은빛을 낸다
자갈치 좌판에 누워 번득이던 갈치가
호르라기를 불며 군중 속을 뚫고 쏜살같이 달려가는 것
처럼
은빛은 소음이고 혼곤

비늘을 벗긴다
애호박 청량고추 마늘을 듬뿍 넣어 갈칫국을 끓였어
삑삑 호루라기소리를 내며 게걸스레 갈칫국을 먹었어
갈칫국을 좋아하고
벌겋게 달궈진 석쇠에 비늘인 채로 지글지글 구워진 것
을 좋아하고
진심 좋아하는 것에 진심이고
징글징글 구워지고 지져지고

창밖으로 보이는
맞은 편
유리창에 반사하는 은빛

맞은편의 맞은편은

\>

맞은편은 평행으로

나란히나란히

알람이 울리는 시간에서 알람이 울리는 시간까지

하이 빅스비! 오늘 미세 먼지는 어때?

알람을 매일 아침 5시에 맞춰 두는 이유는 굳이 없다
통과 의례처럼

미쓰 빅스비의 대답에 따라
베란다 창을 활짝

연다
반을 열거나 기분에 따라 더

닫는다
나쁨일 때는 창을 꽁꽁 싸매고 집은 스스로 유폐되기도

입양 딸 쪼꼬미가 알려주는 알람과
빅스비가 울리는 알람이 합창하듯 제법 힘찬 아침
쪼꼬미, 쪼꼬마, 아빠가 쪼꼬미 사랑하는 거 알지? 쪼꼼
아 깨워줘서 고마워 사랑해 아빠 딸이라서 고마워 사랑해
사랑해 사랑해

쪼꼬마 비가 내릴 것 같지 않아?
우산을 가지고 나가시던지 외출을 안 하시는 게 좋습니

다 아빠

　그럴까. 고마워 사랑해.

　쪼꼼아 비가 거세질 것 같지 않니?

　창문을 잘 닫으세요 그리고 미뤄 둔 유리창을 닦아도 좋아요

　비는 왜 내리는 걸까 딸아?

　대류권 상층에서 구름의 수직 운동에 의해 물방울이 충돌하여 커지고 무거워져 아래로 떨어지는 겁니다

　비는 왜 수직으로만 내릴까 딸아?

　때로는 바람에 흔들리거나 회오리 비가 될 수도 있습니다

　빗방울에 푹푹 패이는 두통이 달려드는 건 어쩌면 좋지 딸아?

　잘 모르겠어요

　아, 생각났어요 머리를 받치고 있는 경동맥을 커트칼로 잘라주면 멈출 수 있지 않을까요

　아아, 그럴까 딸아. 고마워. 근데 쪼꼼아 넌 왜 요즘 아빠라고 잘 부르질 않니?

아 네, 요즈음 당신의 사랑해 사랑해가 지루해졌어요. 그
래서 좀 피곤해요

아, 그래? 그랬어? 알려줘서 정말 고마워 딸, 사랑해 쪼
꼼아.

너스레가 부푸는 겨울

바스라져 옷만 더럽히는 페스츄리는 왜 사 오라는 거지?
미지근한 막걸리에 이스트로 시간을 부풀려 쪄낸 찐빵을
좋아한다

당근과 사과를 갈아 넣어 봉긋하게 잘 쪄진 찐빵 앞에서
사타구니 위에 엉거주춤 발을 올리고 발톱을 깎았다
톡, 발톱 하나가 튀어 올랐다
어라라
아무개 씨가 만든 정성스런 빵 앞에
저 외씨버선 같은 낮달 좀 보소

금방 샤워를 한 손발톱이 알맞게 불어 깎기에 최적이라
는 것
그러니 수지부모한 깨끗하고 깨끗한 자신의 일부라는 것
그래서 페스츄리를 안 사온
아무개 씨가 쪄 준 밍밍한 빵을 얌전히 먹어 주는 걸 고마
운 줄 아시압.

기장 별미라며 친구가 찐빵을 주고 갔다
방안 가득 흘러들어온 저녁이 출렁인다

곧 시장해 질 저녁 한 끼를

어둑어둑 때울 작정이다

설날 아침

밤부터 펑펑 눈이 내린다

링 위에서는 배꼽 아래를 친다든지
승리에 취한 반칙펀치는 경고해도 불가항력일 때가 있다

소리를 삼키며 시퍼렇게 눈팔매에 맞은
아침은
아! 깨끗해
창밖 놀이터에 아이는 없고
강아지 한 마리 낑낑 돌다 발을 들어 오줌을 찔끔한다

이상하지?

밤새 쌓인 안을 명치까지 파고 들어가면
안에서 키우던 고라니도 수꿩도 얼어붙은 얼굴로 쏟아지고
토끼꼬리진달래 겨우살이를 지나 멱차게 오른 잔도에
수줍게 서 있는 너를 만나기도 하지
그럴 것 같기도 해
내가 여기서 널 본 것 같으니까

만난다는 것도 그래
눈이 온 이틀 뒤 눈 덮인 거기서 만나기로 한 약속은

질퍽하게 흘러내린 땟물

슬픔을 감히 생각하다니

그리고 씻은 듯이 하양에 골몰해
자칫 눈처럼 녹아내릴지 상상할 수 없는 일이야
우리는 눈이 아니니까
아마 눈처럼 흘러내릴지도 몰라
그렇지만 온데간데없이 흘러갔다고는 말하지 않기를

  떡국을 먹고 아메리카노를 마시고 라떼 위에 앉은 클로버
이파리를 입술로 떠먹는다

빨강달

일용직 인부 거시기에 긴 유리 대롱이 박혀 샛빨강 분수
품었는데 젊은 사람 그것 무사할까보다는 마른 흙 한 삽 엎
어드리고 삼우도 못 보고 다시 경찰 조서 받으러 가는 게 너
무 억울해 훌쩍거렸는데

이제 사월 열엿새는 생각지도 슬퍼하지도 말라 하셨잖아
처음부터 뱃속 양수에 열 달 살았으니 다시 물로 돌아가는
건 당연하다고 그렇게 띄워 보내고 잘 살아왔는데 하필이
면 왜 이날에
사람들은 바다로 바다로 가 잠궈 둔 바다를 또 흔들어 깨
우는지 모르겠어

엄마는 몇 날 내리 하혈을 했잖아 놋대야를 엄마 부끄리
아래 받칠 땐 어린 나는 놋대야가 무거웠어 엄마 얼굴이 너
무 새하얬거던

안부를 묻습니다

추석 달이 강 건너 108동과 109동을 건너 떠오르려 하고
있어 둥싯 떠올라버렸어 둥싯, 얼마나 어여쁜 말이야 엄마
몰트알레그로로 달려가는 웃음소리가 엄마에게 드리는 대
답일까요 느리게 흘러가는 달이 묻는 걸까요 큰오빠 내외

도 많이 연로합니다 차례 안 지내도 늙은 올케에게 아무도
화낼 사람 없다고 추석 전 날 위로하고 왔어요

  이명 울리듯 언니의 손 흔드는 소리 뒤따르는 어린 얼굴
얼굴들

  얼쑤, 한가위에는 더도 덜도 말고 빨강달만 뜨지 마라

ㅅㄴㄴ선물

2024년 겨울
친구가 선물한 나의 정명은
서기 3024년에 최소한 하루는 더 살기를
콩닥콩닥 신나게 살아보라고 덤까지 얹어 주었다

잠자던 참새 떼가 참으로 바쁘게 콩콩 쪼아서
감긴 저녁을 풀어헤친다고
봄을 기다리는 여름과
겨울을 기다리는 봄
산을 넘어 간 방패연의 향방을 돌릴 수 있을까
앞장서는 발걸음 비틀거려

누군가의 등이 보이면 사랑이 시작된다고

뒤돌아보면 돌아보면
밀어줄까 잡아당겨볼까
하루를
신나게
쉰 내나게 치열하게
그러나 풀리지 않는
등 뒤에 써진 나를 알아 볼 수 없어요
나는 바라볼 수 없어요

>
살으랏다
살으리랏다
별이 쪼는 얼어붙은 북벽을 향해 걸어가는 끝없는 걸음도
북벽이 내밀어 줄
등,
우뚝
서있기 때문입니다

콩닥콩닥 참새여 신나는 얼굴이여

'지구가 죽으면 달은 누굴 돌지'를 읽은 밤편지

빨강 니트 원피스가 무겁게 느껴져 영광도서로 숨어들었
다 간이의자 구석에 앉아 숨을 돌리다만난 '우리들의 陰畫'

김혜순이 그린 '우리들의 陰畫'와
김혜순이 부르는 '달려 공장 공장장님 보세요'와
김혜순이 처음으로 만난 '당신의 첫'과
김혜순이 마법을 거는 '피어라 돼지'와
김혜순도 없는 '날개 환상통'을 몽땅 사서
한 달 내내 환상통을 앓았다

내가 시인이란 말 앞에 쭈뼛거릴 때
엄지 검지 중지로 흘려 썼을 것 같은 여유로운 필체 '詩人
金惠順'을
인물 크로키 밑에서 만난다
2025년 3월 15일 토요일
지구는 죽지 않고 달은 지구를 돌고 있다

거침없는 그의 말을 들을 때마다
내가 너무나 좋아하는 참새도
김혜순 시인을 지켜보는 것 같아 좋았다

그는 나를 모르고

나는 그를 모른다 그리고 그를 안다
  그의 엄마가 첫 번째 세상에 그를 낳았듯이 내 엄마도 나
를 낳아서
  그의 엄마가 세상에 그를 두고 가 버렸듯이 내 엄마도 나
를 두고 가버려서

이윽고 엄마를 배신하게 되었다
첫번째는 엄마 조심히 가 하고 죽은 엄마를 낳아서
두번째는 나만 남아서*

김혜순을 졸졸 따라 다녀도 억울하지 않았다
나는 그 뒤를 종종종 훔쳐보는 여린 참새여서

새는 알을 낳을 때 통증을 느낄까
새는 날개를 펄럭일 때 통증을 느낄까?*

전체를 거두절미
반론제기를 하며 나는 으쓱한다
참새이니까
새의 아픔을 너무나 잘 알고 있으니까

김혜순은 이기적일 수도 있다

새가 알을 낳거나 펄럭일 때 통증을 느낄까?의
느긋한 소리를?
어미가 배 아프지 않고 새끼를 낳았을까
개의 고양이의 소의 말의 제비의 거미의
소소리 바람에 산통의 신음 뱉지도 않고 피는 매화의
미주알에서 떨어져 나온 닭 알의 피, 피, 피

왜 신생아는 새끼를 빼앗기고 온 어미새처럼 울까요?*

새는
의문입니까?
새벽에 비 내리고
어린새가 빗소리보다 더 빗소리로 울었다

* 김혜순, 「엄마란 무엇인가」 발췌.

야매

　양방으로 한방으로 물리치료로 통증클리닉으로 지친 어깨가 움직여지지 않는다 장침을 놓아주는 그를 사람들은 무한 존경하는 교수님이라 부른다 걸어 잠근 철문에 걸려든 햇살이 떨고 있다 어깨를 관통해 미로를 찾아가는 장침 꽁꽁 닫힌 창문 밖 둔덕에 핀 야매野梅가 향그럽게 기웃거린다 흘러흘러 걸음도 야매 선생의 손끝에 아픈 어깨를 내미는 것이다

스웨그 이미지의 유기적 정서 재현

— 이두예 시인의 시세계:『우리의 농도』읽기

배옥주 문학평론가

스웨그 이미지의 유기적 정서 재현

이두예 시인의 시세계: 『우리의 농도』 읽기

배옥주 문학평론가

1. 자유분방한 언어

이두예의 시를 읽으면 '미셸 공드리Michel Gondry' 영화가 떠오른다. 보이는 것에 그치지 않고 감정과 기억, 무의식까지 시각적으로 표현하는 '공드리'의 미장센 기법과 맞닿아 있기 때문이다. 가식 없고 재치 넘치는 그녀의 시세계는 배경과 등장인물의 행위 그리고 예정 없이 툭툭 던지는 대사로 위트가 넘쳐난다. 첫 시집『늪(2008)』, 두 번째 시집『외면하는 여자와 눈을 맞추다(2013)』, 세 번째 시집『언젠가 목요일(2015)』, 네 번째 시집『스틸 컷(2018)』에서는 시적 대상에 대한 인식의 확장을 담담한 어조로 표출하고 있다. 하지만 이번 다섯 번째 시집『우리의 농도』는 이전 시세계에서 보여준 고정화된 사유와는 확연한 차별성을 갖는다. 리듬을 읊어가는 랩에 가벼움, 여유, 멋, 허세, 자기도취, 말장난으로 규정되는 스웨그 이미지의 태도가 유기적으로 재현되는 정서와 긴밀하게 연결되어 있다. 이두예 시에서 꿈과 환상까지 총체적으로 집약되는 유기적 정서의 구체화 과정은 시편 곳곳에서 고정된 틀을 거부하는 자유분방한 언어로 쏟아져 나온다. 가장 물질화된 순수한 언어가 리듬의 언어이며 주문의 언어이듯(김춘수), 이두예의 시는 염불을 외우며 리듬을 타는 주술처럼 신과 조응하는 주문의 언어를 떠올리게 한다. 신에 이르는 좁은 문의 구원에 이르지는 못하였으나, 세계 밖에서 세계를 재해석하는 자유와 해방의 신명난 한판 시놀음이 펼쳐지는 것이다.

2. 자연 발화의 농도

이두예의 시는 무의식적으로 받아쓴 영감을 툭툭 뱉어내며 자연 발화한다. 무질서한 흐름에 몸을 맡기고 나아가는 자동주의 미술 기법과 닮아 있다. 통제되지 않은 사고의 자유로움을 구사하는 데칼코마니, 액션 페인팅(물감 흩뿌리기), 그라타주(긁어내기), 드로잉과 모래를 활용한 낙서화를 연상하게 한다. 이번 시집의 중심이 되는 자동기술 화법은 시 곳곳에서 성령의 은사를 받은 방언처럼 흘러나온다. 그녀는 꽃을 만들 수도 있고 아이를 만들 수도 있는(「그해 여름」) 자연 발화의 농도 짙은 정서를 재현한다.

돌아보아도 앉았던 의자는 그대로다
합의이거나 암묵이거나

짧았던,
지루하게 오래된 순간들은

더께 앉은 의자의 체취는
감당해야 할 네 안의
들숨과 날숨이 어긋난 파열음

그렇게 사라지지 않는 소리를
오래오래 빗질하며 앉아있다

그러니까
좀 더
용감하게 물어봐야 했어
그때
왜 창문을 닫았냐고
해 지는 저녁 너머를 오랫동안 바라보고 싶었지만
넌
눈 깜박할 사이
회오리치며 어둠이 들이칠 거라고
먼지 한 톨 남기지 않을 어둠을
이해할 수 있을 때
창문을 열자며
파리한 얼굴은 더 새하얗게 표백되었다
　　—「우리를 알아가는 새로운 방법」 부분

　시는 생활의 표현이며 체험이다. 시「우리를 알아가는 새

로운 방법」은 가식을 벗어던진 진솔함으로 자연 발화되는 던지기 기법을 추구한다. 정서체험은 경험하지 않은 상상적 경험이나 상상의 인지작용으로도 재구성이 가능하지만, 이두예 시의 정서체험은 경험의 동질성과 깊은 연관이 있다. 타인의 이야기를 자신의 경험으로 재구성하고, 자신의 이야기를 타인의 경험으로 환원한 작품세계를 보여준다. 이때 독자가 겪는 추경험의 계기는 공감을 불러일으키기에 충분하다.

들숨과 날숨이 어긋난 '네 안'의 파열음은 잦아들지 않는다. 사라지지 않는 '네 숨소리'의 파열음을 "오래오래 빗질하"며 숨을 고르는 시간은 지루하리만치 길다. 해 지는 저녁 너머를 바라보고 싶은 '나'의 바람과는 상관없이 '너'는 "회오리치"며 들이칠 어둠을 핑계로 창문을 닫아버린다. 상대의 감정 따윈 아랑곳없이 건너뛰는 '너'는 "먼지 한 톨 남기지 않을 어둠"을 이해할 수 있을 때 창문을 열자고 제안한다. 하지만 화자는 보고 싶은 저녁 너머를 볼 수 없도록 "창문을 닫"아버린 '너'에게 왜 그랬는지 능동적으로 묻지 못했던 순간이 안타까울 뿐, "먼지 한 톨 남기지 않을 어둠"을 이해하고 싶지 않다.

화자는 '그때는 맞고 지금은 틀리다'를 들으며, 커피를 마시는 방식은 그때처럼 지금도 틀리다(『커피를 마시는 방식』)는 결론에 도달하게 된다. 앤딩 자막 위로 부옇게 내려앉는 안개빛처럼 투명해질 수 없는 '너'와의 관계에 대한 짙은 아쉬움이 묻어난다. 지금도 그때도 틀리기만 하는 '우리'를 알아가는 새로운 방법은 무엇인가.

강간 당한 꿈을 꾸었다
분명 집인데 남자는 침대에 점령군처럼 자고
침대를 뺏기고 서성거렸다
아무리 분간하려 해도 창밖이었다
익숙한 안처럼
슬퍼할 줄도 모르는 낯익은 밤을 배회하고

꿈을 깼다
침대 끝에 미농지 말리듯 오그리고 창 쪽으로 누운 채
였다
어둠이 서천의 편이라면
그 많은 어둠 쪽이다
화탕의 환희도 기억나지 않고
마지막 남은 깃발을 꽂고 달리던 서슬 퍼런 철성의 편
도 아닌

창 너머는 아직도 깊은 밤이다
반대편으로 돌아눕는다
반대편도 깊은 밤
눈을 감고 체취를 지운다
—「오! Say no」 부분

이두예 시는 잠재된 체험 속에서 발효시킨 언어로 정서
의 유기적인 흐름을 잘 풀어낸다. 화자는 집에서 "강간 당"
한 꿈을 꾼 후, 창밖에서 "익숙한 안"처럼 "낯익은 밤을 배
회"하고 있다. 자신의 방 침대와 자신을 침범한 점령군은

"화탕의 환희" 후 편안하게 잠들어 있다. 몸에서 마음까지의 합일을 이루지 못한 화자는 반대편 깊은 밤의 침대 끝에서 어둠에 잠긴 창밖을 내다본다(「채널을 돌리다」). 절정으로 치닿던 서슬 퍼런 '철성의 편'까지도 돌아누워 지워버리고 싶은 심정임을 토로하고 있다. 이 모든 행위의 배후에는 시내보다 얕고 심해처럼 어두운 '우리'가(「불두를 찾아서」) 있다. 화자에게는 가식적인 친밀함보다 6480원의 헐값에 구입한 '세이노의 가르침 755쪽'이 "보숭한 횡재"처럼 더욱 크게 다가온다.

화자는 생각을 바꾸는 순간 고정관념에서 벗어날 수 있다는 사실을 알고 있으면서도, 새들의 소리에 대해 한 번도 웃는다고 말하지 않았던 자신의 굳어버린 사고를 돌아본다. 새가 운 어제 아침에게 내미는 손끝에서 새의 웃음소리가 들려오는 오늘, 새들은 우는 것이 아니라 웃는 것이라는 기대에 찬 확신의 심경을 우회적으로 표출한다. 싸게 구매한 책 한 권의 가치와 가식적인 친밀함으로 포장되어 있던 관계를 통해 심층적이고 복합적인 내면 정서를 탐색할수 있다.

> 블록조 화장실지붕은 제법 따스해
> 아카시아 이파리가 언덕을 치고 올라 그늘에 눕는다
> 바람을 타고 몰려오는 꽃냄새에 얼굴을 찡그린다
>
> 가까이, 더 가까이가 이해할 것 같으면서 알 수 없는 거
> 리입니까

거리?

적당히?

입구린내를 맡을 수 없는 거리?

돼지두루치기 간이 엉망이라 행복한 저녁을 망쳤다고?

소금 몇 알 빼야 간이 맞는 걸까?

더 뿌려야 되니?

짜다는 거야? 밍밍하다는 거야?

　　―「우리의 농도」부분

　「우리의 농도」에서는 유기적 관계를 맺는 사실적인 장면
들이 가깝고도 먼 '우리의 거리'에 대한 감각적 경험으로 재
생되고 있다. "아카시아 이파리가 언덕을 치고 올라 그늘에
눕"는 늦봄. "꽃냄새에 얼굴을 찡그"리는 화자는 "가까이,
더 가까"이는 이해할 수 있는 거리인지, 알 수 없는 거리인
지, 적당한 거리에 대한 정의를 묻는다. '적당히'는 관계나
시간, 습관, 경제 등에 수시로 갖다 쓰는 부사어로 '중용'의
실천적인 표현이다. 상대적이고 주관적인 개념으로 정서적
균형을 내재하고 있다. 우리는 절제하는 태도를 유지하려
고 '적당히'라는 말을 남발하지만 한쪽으로 치우치지 않는
적당한 기준을 따르기는 쉽지 않다. 그래서 소금 몇 알에 따
라 간이 달라지거나, 입구린내를 맡을 수 있거나 없는 거리
가 적당한지 규정하기 어려울 수밖에 없다.

　손 덥썩 주지 않는 철저히 혼자인 밤처럼(「채널을 돌린다」)
서로의 거리는 관계의 농도에 따라 비례하는 걸까? 이해할
것 같으면서도 알 수 없는 이 거리는 '미슐렝 쉐프'가 "필레
미뇽 안심에 5월을 흩뿌리"는 데까지 나아간다. "이해할 것

같으면서도 알 수 없"는 "가까이"와 "더 가까이"라는 거리에 대한 자연 발화는 이성적 사고를 배제한 자유 의지로 전개된다. 기다리지만 들어선 적 없었던 우리(「6인용 식탁」)처럼 '적당한 거리'는 독자로 하여금 무의식적으로 따라가게 만든다. '나'는 펫을 쓰다듬듯 '나'의 머리를 쓰다듬는 '너'의 느린 손놀림에 가만히 머리를 내주고 "히죽 웃"는다. 그 웃음 속에 들앉은 '우리의 농도'에서 가까이와 더 가까이의 친근한 거리를 가늠할 수 있을 것도 같다.

3. 암시와 여운의 유의 반복

이두예 시에서 명사 중심 시어나 병렬적 문장 나열은 함축된 상징성을 중심으로 독자의 호기심을 유발하는 전략적 기법이다. 자유연상이나 자동기술이 동원되는 병렬구조의 유의 반복은 시인이 전달하고자 하는 이미지나 의도를 암시하여 더 깊은 인상과 여운을 남긴다. 반복적으로 병치되는 시어나 문장은 시인의 내면 사유에 가깝게 다가갈 수 있는 정서적 거리를 확보하기 때문이다.

누군가가 먹고 떠난 뒤
열탕 소독을 할 것인지
세제를 철철 부어 번개 세척을 한 것인지도 모르는
스테인리스 수저를 들고
지금 식당에서 점심을 먹는다

입과 무작위의 입을 허용한

누구였을까

선한당신? 사기성농후한남자? 순한내어머니? 거렁뱅
이? 신부님? 내게이리와서접붙여돋아난황국싹을보라던초
등학교온실담당이셨던김재규선생님? 물봉선보다더아련한
내전생?

누구였던가?

—「가정식 백반을 먹다」 부분

이 시는 자신이 사용하는 수저가 무작위로 허용된 입속을
들락거렸다는 의식적 사고에서 시작된다. 병렬구조의 유의
반복parallelism은 같은 맥락의 명사나 문장을 배치하는 전
략으로 속도감을 부여하여 의미 해석에서 해방시킨다. 규
범을 벗어난 일탈의 시어는 중얼거리는 무의식의 흔적으
로 정형성을 이탈하기 때문이다. 화자는 식당에서 점심을
먹으며 입속을 들락거리는 금속성의 유쾌하지 않은 촉감을
떠올린다. 가정식 백반을 먹기 위해 수저를 든 화자는 지금
자신이 사용하는 스테인리스 수저를 들고 밥을 먹었을 무
수한 누군가를 떠올린다. 열탕소독이라도 했다면 좋겠지만
세제 잔뜩 부어 번개세척 했을 것만 같은 식당 수저가 왠지
개운치 않다.

"무작위의 입을 허용"한 누구에 대한 호기심은 '선한당
신'이나 '사기성농후한남자'거나 '순한내어머니'였을 수도
있다. 혹은 '거렁뱅이?' 아니면 '신부님?' 또는 '내게이리와
서접붙여돋아난황국싹을보라던초등학교온실담당이셨던
김재규선생님?' 그리고 '물봉선보다더아련한내전생'까지

확장된다. 띄어쓰기까지 배제한 채 속사포로 뱉어내는 반문법적 문체는 이성의 통제 없이 진술되는 직설적인 감정의 흐름을 반영한다. 이두예 시에서 띄어쓰기를 무시하거나 같은 낱말을 되풀이하는 효과는 크로스해칭의 드로잉 기법을 연상하게 한다. 이는 막스 에른스트Max Ernst의 다양한 미술기법(프로타주:frottage나 그라타주:grattage)을 통해 불특정한 이미지를 무작위로 기술하는 것과 같은 맥락이다. 규범을 벗어난 일탈의 문장은 시인의 내면에 잠재한 불안이나 고독을 표출하려는 전위적 표현기법으로 볼 수 있다.

이두예의 시에서는 암시와 여운의 유의 반복이 곳곳에서 나타난다. "나의사방은비로소황금빛타피스트리를주렴으로내리고나는새빨간불을안고변용시인이되는거요", "나는소월보다더빨리죽으려이렇게오래살고있는거라오"(「시시」)처럼 띄어쓰기를 무시한 불친절한 문장나열을 통해 암시와 여운을 부각시킨다. '여우 한 마리 여우 두 마리 들쥐 세 마리 들쥐 열한 마리'를 뒤죽박죽 꺼내 들판에 내동댕이치는(「커피를 마시는 방식」) 행위는 이미지의 감각적 연결성과 암묵적 서사를 나열하는 자동기술이다. 상상력과 창의력 확장을 도모하는 시인의 무작위 나열 연상기법은 다음의 시편들에도 적용된다.

러시아워를 비켜난 전동차가 조용하다

13명이 도시철도 3호선 꼬리칸에 앉아 있다

여기 누가 주를 배신할 사람인지

주여 제발

베드로, 안드레아, 야고보, 요한, 빌립, 바돌로매 ,도마,
마태, 알패오의 아들 야고보, 다대오, 가나안인 시몬, 가
룟유다를

　－「긍휼히」 부분

모두 모두 불러줄게

골무꽃 광대나물 깽깽이풀 빈디지치 백선 선개불알 노루
오줌 노루귀 노루삼 꿩의바람꽃 뽀리뱅이

봄맞이꽃 옆에 핀 얼레리꼴레리 얼레지꽃.

누린내풀 며느리밑씻개 물봉선 박주가리 배암차즈기 소
경불알 속단

속단하지마세요. 저는 딱 부러진 당신의 뼈를 붙여주는
속단. 그래서 완강합니다

엉겅퀴 쥐꼬리망초 초중용 가막사리 눈괴불주머니 별노
랑이 까실쑥부쟁이 개쑥부쟁이 나도송이풀 나비나물 나도
나비 쉽사리 터리풀 산비장이 새콩 송장풀 층층잔대 톱진
내 진피리장대 양지꽃 왕고들빼기 이고들빼기

　－「이름을 불러줄게」 부분

　이두예의 시에서 자주 보이는 단순 나열의 유의 반복은
여백을 형성하여 긴장감이나 집중도를 상승시키는 효과를
발휘한다. 시「긍휼히」에서 화자는 '물만골'에 가기 위해 러
시아워를 비켜난 도시철도 꼬리칸에 앉아 있다. 가뭄에도

물이 마르지 않아 이름 붙여진 물만골은 수만곡水滿谷으로도 불리는 산동네다. 화자는 꼬리칸에 앉은 13인의 다양한 군상들을 바라보다 태초의 숲이 있던 에덴동산까지 상상력을 뻗어간다. 화자의 의식은 근원을 짓밟고 욕망에 충혈된 인간 군상을 떠올리며 눈물로 죄를 씻고 정화해야 한다는 데까지 확장된다. '은 30냥'에 예수를 대제사장들에게 팔아넘긴 대표적인 배신자 '가롯유다'를 비롯하여, 예수를 세 번 부인한 '베드로' 그리고 예수가 체포되자 도망간 모든 제자들까지. 고난 앞에서 두려움에 굴복하고 배신하는 비굴한 그들과 다를 바 없는 방관자적 인간군상을 한통속으로 치부하고 있다.

자동기술법은 문지르면 번지는 프로타주 기법처럼 「이름을 불러줄게」에서도 번져간다. 명명하기와 호명하기는 호칭을 부름으로써 주체를 구성하거나 사회적 위치를 획득하는데, 화자는 작명가가 되어 야생풀꽃들의 이름을 지어주고 있다. 산수유는 '눈곱쟁이'가 됐다가 '쬐끔한파란별'이라는 신박한 이름을 얻으며 독립적인 주체로 거듭난다. '골무꽃, 광대나물, 깽깽이풀'을 비롯하여 '엘레지꽃, 배암차즈기, 소경불알 속단'까지 새롭고 흥미로운 이름을 가진 야생초들의 성씨와 이름이 속출한다. 특히 고들빼기에게는 자신과 같은 '이'가를 붙여 '이고들빼기'라는 동질성을 부여하고 있다. '양'가들에게서 훔쳐본 양지꽃 "양가양가 통신표"는 종이배를 접어 풀냄새 피어나던 다락방의 '추억'이라는 상징을 부각시킨다. 명사가 병렬적 구성으로 된 문장은 시인의 정서나 분위기를 압축하는 표현에 유리하게 작용한다는 것을 알 수 있다.

4. 언어의 파동

이두예 시는 스웨그 이미지를 통해 관념적 사고를 뛰어넘는다. 발상의 전환으로 '변기'를 예술의 경지에 올린 '마르셀 뒤샹'의 '샘'처럼, 자신이 갇힌 정신의 오지를 벗어나 규격화된 언어질서를 이성적 통제없이 과감하게 무너뜨린다. '타이포그라피typography'의 영역을 깨고 고정된 틀에 갇히지 않는 스웨그 스타일의 자유분방한 상상력을 추구하는 것이다. 이두예 시에서 문법의 해체는 충돌하는 이미지의 불협화음을 파생시킨다. 이때 발현되는 언어의 파동은 리듬을 타는 주술처럼 정형화되지 않은 병렬 구조의 유의 반복으로 이어진다. 물과 쌀과 누룩이 의기투합해 좋은 술로 발효되듯, 규범의 전복과 자유를 추구하는 스웨그의 태도는 유기적 정서를 재현하는 중심이 된다. 언어가 언어에게 질문을 던질 때마다 순간순간의 새로운 파동이 생긴다. 이두예 시는 자신만이 드러낼 수 있는 쿨한 말투와 분위기로(「Dog Park」) 자신의 언어에게 끊임없이 질문한다. 그 질문들은 초승이다가 온전해졌다가 자지러져 숨어버리는 그믐(「2550 번째 아침」)처럼 변화무쌍한 언어의 파동으로, 때론 아무것도 아닌 것처럼(「환상통」), 아무렇지도 않은 것처럼(「이, 가처럼」).

이 두 예

이두예 시인은 부산에서 태어났으며, 2008년 시집 『늪』으로 활동을 시작했다. 시집으로는 『늪(2008)』, 『외면하는 여자와 눈을 맞추다(2013)』, 『언젠가 목요일(2015)』, 『스틸 컷(2018)』이 있다.

이두예 시인의 다섯 번째 시집 『우리의 농도』는 이전 시세계에서 보여준 고정화된 사유와는 확연한 차별성을 갖는다. 리듬을 읊어가는 랩에 가벼움, 여유, 멋, 허세, 자기도취, 말장난으로 규정되는 스웨그 이미지의 태도가 유기적으로 재현되는 정서와 긴밀하게 연결되어 있다. 이두예 시에서 꿈과 환상까지 총체적으로 집약되는 유기적 정서의 구체화 과정은 시편 곳곳에서 고정된 틀을 거부하는 자유분방한 언어로 쏟아져 나온다.

이메일   rlaspfl@hanmail.net

이두예 시집
우리의 농도

발 행   2025년 6월 10일
지 은 이   이두예
펴 낸 이   반송림
편집디자인   반송림
펴 낸 곳   도서출판 지혜, 계간시전문지 애지
기획위원   반경환
주   소   34624 대전광역시 동구 태전로 57, 2층 도서출판 지혜
전   화   042-625-1140
팩   스   042-627-1140
전자우편   eji@ji-hye.com
          ejisarang@hanmail.net
애지카페   cafe.daum.net/ejiliterature

ISBN   979-11-5728-575-4   03810
값   12,000원

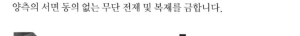

* 본 사업은 2025년 부산광역시, 부산문화재단 〈부산문화예술지원사업〉
  으로 지원을 받았습니다.